句集

水程Ⅲ

山﨑満世

文學の森

序にかえて　Ⅰ

廣瀬直人

人波に紛れてむせて草の市

盆が近づいてきた七月十二日に開かれるのが、この「草の市」。昔はさまざまな盆の用品が売られてはなやいだ景だったろうが、現在はそれほど目に立つ市は少なくなった。ところで掲句、そんな昔の雰囲気をまだ残している市の景を想定してみたい。やはり中の句の「紛れてむせて」がいい。人波の流れに任せて店を覗きながら歩いていく、ただ人いきれだけではない、草や花などさまざまなものの匂いが鼻をついてくるのである。夜に入ってもう盛夏の蒸し暑さにも包まれている。「て」を使った繰り返しのリズムも市の気配のままに歩いている作者の姿がある。特に目を引く技法などどこにも見えてこないじっくり落着いた趣を読みとりたい一作。

連なりて地の香まとはず曼珠沙華

素材を「曼珠沙華」ひとつに絞った単一表現が特色である。「連なりて」は土堤や畦などに数本ずつ間を置いている景。ポイントは中の句の「地の香まとはず」だろう。土から茎だけが伸びているこの花の姿から摑んだ表現。大切なのは感覚の表出に見えながらあくまでもその咲きざまから得ているという点だろう。観念といい、感覚といい、作品の成否は対象の写実に出発点があることを認識したい。

切れぎれの白浪沖に春の風邪

風邪というような日常的な体調の変化とそれとは関わりがないとも見える自然の風景とを結んで読者に成程そうだと納得してもらうのはなかなか容易ではない。しかし離れていたものが作者の感性を通してつながるのは読み手のおどろきであるとともに作者の側としては作句の醍醐味に通じていく。掲句、「切れぎれ」に立つ沖合の「白浪」の景に接して思わず体調の気懶さを鮮やかに感じたのである。といってもの憂さというよりもどこかに海の景を楽しんでいるのを感じさせてくれるのもまた、俳句の面白さである。感受確かな一作。

春尽くる月のぼるより深閑と

〝悼　栗林田華子先生〟という前書きがある。栗林氏は、蛇笏先生の時代から、「雲母」一途に生きてきた俳人の一人。この句、ことさらに前書きはなくても、惻々と、作者の悲しみが伝わってくるようである。「深閑と」に深い思いがこもっているが、それが月の出てからの明るさによっていっそうふかぶかとしてくる。季語が〝逝く春〟でも〝春深む〟でもない、「春尽くる」であることも、作者の感情と緊密に重なっている。

人乗せぬ馬暮れてゐる十二月

馬の背は人が乗るものという一般の常識をくつがえすような発想が狙いではなかったか。考えてみると、「人乗せぬ馬」などいくらでもあるように思えるのだが、あらためてこう言われてみるとなるほどという印象だ。師走などという語を使わないで、さりげなく「十二月」で受けているのも、妙な作為を感じさせない自然な感受の働きである。

序にかえて　Ⅱ

飯田龍太

あさがほにひやりとうすき闇があり

有名な入谷鬼子母神境内の朝顔市は七月の六日から八日。炎暑のさ中であるから当然季別は夏だが、朝顔そのものは秋季。これが歳時記分類の一般である。そこになんとなく違和感をおぼえるけれども、園芸仕立にしない垣根の朝顔は、初秋になると数多く咲いて花色が一段と冴える。なるほど秋の花だな、と思われるが、ことにこの作品は、初秋の朝の冷気をまとって見事なもの。

木材の市の前ゆく日傘かな

木材の市というもの、私は実景に接したことはないが、多分あたりに木の香が漂っているにちがいない。しかも炎暑のさ中なら、その香は格別。言葉に綾《あや》をつけるなら、なにやら壮年の男の息吹き。もとよりそこに参集している人達は屈強な男ばかりである。これなら日傘の女性が印象的に見えぬ筈はない。しかも、両者が互いに意識の外。そこに作者の眼。

秋の川おのが倒せし葦に鳴る

「水澄む」という晩秋の季語があるように、この句の秋の川も、上句として置かれると、ほぼ同じ季節を想像させる。水量も流速もすべて常時の姿。だが、岸辺の葦は無惨になぎ倒されたままである。いうまでもなく出水跡だ。にも拘らず川は何事もなかったように澄み切ってさわやかな音をかなでているという句意。つまり、秋の川と中七・下句の間に時の推移が秘められながら、眼前即事の景として表現された作品である。一見なんということもない作品に見えるが、把握した内容には鮮烈な感覚がある。

荒鵜潜ればかうかうと天守閣

まさしく長良川鵜飼風景。篝火に照る水面下に漆黒の鵜影が消えた一瞬、目をあげると、照明にてらされた山上の天守閣が中天に仰がれた、という内容。明暗の対比に素早い表現を与えて、こころの昂りを的確に示した作。さらに同時の、

漆黒の山を過ぎたる鵜舟かな
しまひ鵜にまた新しき闇がくる

も遅速にゆだねた感性のよろしさを示す秀句。ことに「漆黒の」は、抑制が巧み。この三作、それぞれの味わいを持って、優劣はつけがたいようだ。かつまた、古今、長良の鵜飼を対象にした佳句は多いが、さらに花を添えた作者の力量に敬意を表したい。

筏組むこゑ一月の海の上

飛躍した想像から意表を衝いた作品が生まれる場合もあるだろうが、それが秀作の位《くらい》につくためには、想像を絶って、現実に見え、聞こえるものでなくてはなるまい――とそんなことを思うほどこの作品にはリアリティがある。事実に接しないと、空想では思いつかぬだろうと思う臨場感にみちている。木場などで外材の筏を見かけるが、外国から来たものなら「組む」でなく「解く」となる。組むのは集荷を他へ移動する場合。多分、川を下った材木を集めている情景にちがいない。とすると、この「一月の海」は一段とはればれした背景にならぬか。やや勝手を交えての鑑賞かしれないが、ともかく鮮やかな作品である。つまりこれこそ俳句の恩寵。それを素早く手中にした作者の見事な手腕に敬意を表したい。

句集水程Ⅲ／目次

装丁　井原靖章

句集　水程《すいてい》　Ⅲ

月の道

平成一〇年〜一三年

湧水は音先立てて春の暮

涅槃図にいつか紛れて山の蠅

ひえびえとおのれをみたす桜かな

うすらひや風におくれて竹が鳴り

良弁の杉の根方を恋の猫

風止まずいづこの花につづく道

春夕焼翔けゆくものは脚垂らし

遠魞はくづれんばかり御忌の鐘

鳥雲に木乃伊《ミイラ》いつしか地《つち》のいろ

ゆらゆらと蛇笏の墓に杉菜生え

廣瀬直人邸

山指して紺の筒袖桃の花

鳥雲に永久に少女の麗子像

草朧ちちはは歩き慣れし坂

春深し菓子の木型の花や鳥

悼　栗林田華子先生

春尽くる月のぼるより深閑と

蜆採り艦ゆらゆらと近づき来

春睡し海の雨脚みな長し

月山の道まだ開かずきんぽうげ

山々の鬱気を放れつばくらめ

干魚を売る手に棕櫚の蠅叩

大臼の木目の渦へなめくぢり

あの頃は墓が遊び場蚊喰鳥

夜の秋の魚反るやうな日本地図

晩夏光ウツボの口の釣糸も

旅の荷の解かれずにある無月かな

豆柿を提げ二上山《ふたかみ》の澄む方へ

ただ在りて大木昏き秋土用

なまなまと落日を曳く秋出水

かなかなや洲の荒草へ舳先入れ

虫の音の沁みるばかりの能衣装

蛇笏忌や波引くたびに山の影

父母の死　六句

病棟はこの片陰の尽くるところ

病む人に待たれてゐたる月の道

夢話す父のうつつや天の川

なきがらや月夜に冷えし十指とも

いわし雲葬りのあとの生家閉づ

吾亦紅看取りし日々が珠となる

葭地焼く炎鳴りのなかの鳰の声

冬はじめ家四五軒に野のひかり

福田甲子雄邸

蘭のまみどり雪嶺はひかり得し

二上山を遠ちのひかりとして冬へ

降る落葉神の耳打ち聴くごとし

人乗せぬ馬暮れてゐる十二月

年明くるうねりのなかの神の礁

冬桜

平成一四年〜一六年

ひばり啼き雪嶺の肌は空のいろ

諏訪口の空模糊として恋雀

降りやんですぐ霾ごめの糸桜

草山の焦げたるが見え雛祭

爆心のドームの骨へしゃぼん玉

しらまゆのひかりのなかのとほきおと

水に咲く花かさなりて走り梅雨

旅信みじかし雨だれの花くぬぎ

はたた神馳せて室生の山こだま

青あらし檻を突きでる鶴の嘴《はし》

塩守の踝に砂土用東風

合歓咲くや空まで凪の日本海

沓脱ぎに蛇の衣吹かれて湖国

目覚めにも似て白帆ゆく日の盛り

真竹刈られて筒鳥の遠からず

初秋や刺子のごとく星揃ふ

比良遠し青ふくべより風吹きて

地明りの坂を鬼灯提げ来たり

夜に入りて雲離れたり大文字

引く綱のこの汗くさき迎へ鐘

魂棚の茄子へ赤子は手を伸ばす

家ふかく夜風通して生御魂

素つ気なく日風ふきゐる曼珠沙華

秋風や古着の市に藍の皿

菊師来てなだめるやうに袖直す

花八手洛中の夜の凪ぎわたり

飛雲閣とは水の面の白障子

下京や時雨びかりの夜の塔

吊されて藍草乾ぶ十二月

一日の終りは澄めり実南天

大垣・芭蕉像

帰り花旅装を解きし人にこそ

むかご飯美濃に天守を二つみて

南天の実や夕風は地に触れず

白山の風くる畝の捨大根

学僧のふるさととほく雪卸す

風花や仏灯つねに尖らむと

湖にふる雪の翳りの白障子

干魚の口に藁の香霙ふる

冬ふかむ叡山の灯を湖に置き
灯を消して鴨のただよふごとく臥す

風除けの篠の日向を老遍路

病める人より冬鵙へ目を移す

家《いえ》内《うち》に真の闇あり鏡餅

冬桜白湯飲みし身のぬくみほど

春月

平成一七年〜一九年

涅槃粥奪衣婆の前運ばるる

月透ける御衣に涅槃したまへり

忌の旅の席に隣りし受験生

山は雨念をいれたる初音かな

祝　福田甲子雄先生蛇笏賞

あけぼののいろとなりゆく山桜

悼　飯田龍太先生　二句

春月の出でて烈風龍太亡し

訃と知りて外に出づれば春の暮

最澄の山路はじまる揚雲雀

筆談の喉がうごきて夕ざくら

誕生仏ぬるるひかりとなりたまふ

遍路らのしんがりゆくは放哉か

さざめきてさざめきて花充ちゆける

トルコ　二句

日蝕や地平の果ては青き帯

春の蝶石の列柱出で入りす

ポルトガル・ロカ岬　二句

自画像は正面見据ゑ春深し

乳房張る犬放たれて春怒濤

スイス　二句

照り返す氷河へたしかなる一歩

ぐさと摑む手にこぼれ墜つ氷河の雪

桃咲いて沖の潮目の真つ平ら

薄暑来る端山に木の香充つるとき

土つきし十指の爪や雲の峰

高野山　四句

半夏雨寺に孔雀の濃紫

おづおづと蟇鳴きだせり自刃の間

夜の秋高野の僧の出自など

傘立の金剛杖を蟻のぼる

炎天を来て一礼の納棺師

また目を遣りし通夜の座の金魚玉

みじろがぬ夏鷹飢ゑか充足か

梁に吊る鮭の眼窩も土用なり

沖雲か佐渡か白桃すすりをり

母の忌のくづれてまろき花氷

川岸の根つこ燻れり晩夏なり

走馬灯彼の世の水の色いかに

地にひくきともし火ばかり地蔵盆

威し銃大国主の社かな

六道の辻あたりまで草の市

秋風の沼見えしより径平ら

真葛吹き撓められたる鶏舎《とや》まはり

冬迫る石を起こせば砂こぼれ

ガラス戸に夜空の深さ虎落笛

飯田龍太邸　四句

辛夷に冬芽青天に瀬音あり

冬の水真竹の風に迅みくる

朴落葉月日たしかむごと拾ふ

梁《うつばり》の古巣の下に炭火足す

冬蝶の行く手いづこも地が平ら

風の日の鴨かたまつて藻屑いろ

おのが背のひかりは知らず鳶冬へ

僧の背に火のいろうごく大旦

和太鼓にあはせ膝打つ春着の子

鹿とあゆみて元日の煎餅売

冬雀はなれぬ一樹焼香す

阿難陀のふかきみぞおち寒の入り

吊革を摑めば寒の夕景色

人日のぬかるみに散る鉋屑

嘴のごとくに一月の岬あり

国学の系譜短し笹子鳴く

沖ほのと明らみて寒鎮もれり

十三夜

平成二〇年〜二三年

切れぎれの白浪沖に春の風邪

青空へ抜ける風あり初桜

佐保姫のことぶれの風十指にも

梅咲いて黒牛の尾の泥まみれ

伏流の石るいるいと朧月

流れゆく雛に岩の迫りくる

飯田龍太邸　三句

囀りや先師の机句稿なし

いくへにも雲の綾なす桃の花

鳥帰る行者の相の駒ヶ岳

流木に日の香の沁みて西行忌

閘門を出れば大利根春北風

風光る水牛の顎水に出て

黒揚羽生れたる息をととのふる

祝　廣瀬直人先生蛇笏賞

日々《かが》なべて甲斐に詩《うた》よみ桃の花

山かけて陽に泛ぶなり遅桜

祈禱師の山振り返る遅日かな

朴すでに山にまぎれて芒種なる

蓮の花一望にしてこの一花

山に闇きて葉桜の空昏れず

土用三郎縁の下より烏骨鶏

ケープタウン・喜望峰

夏岬奔る駝鳥に殺気の目

地を裂きてビクトリア滝狂ふなり

ノルウェー　二句

どの花も白夜の露にまみれをり

北の海さらに北へと夏の闇

天寿とは処暑のま白き雲に似て

軒の雨つめたや伊吹もぐさ買ひ

盆見舞古本市のなか通る

秋暑し雀直火に焼く路傍

心の字を絡めるかたち曼珠沙華

連なりて地の香まとはず曼珠沙華

銀杏散る恍と刻あり日向あり

藁抱く人昏れてゆく鵙の下

青空の流れてゆきぬ雁来紅

夕山の菩薩貌なり下り簗

山に山押し出されしか後の月

すれちがふ平たき顔も十三夜

夕晴れの白さとなりぬ秋の鷺

打ちあひて空呼びさます破芭蕉

青北風や群燕空を傾けて
そのなかに朴もまじりて柞散る

月光の滑る断崖石蕗の花

みづうみに片虹湯冷めごこちかな

初明り瞼に享けて醒めてゐる

冬深む湧水に芯おのづから

初昔

平成二三年〜二四年

ひとすぢは身を切るひかり雪解滝

雪原の川あをく昏れ龍太の忌

雛の灯の間に通さるる見舞かな

日陰なき海原に出づ流し雛

東日本大震災　三句

震災の新聞吹かれ芽吹く街

つつがなき大地やなづなつくしんぼ

春過ぎぬわが飲《おん》食《じき》に咎おぼえ
くらがりの空抜けてくる牡丹雪

鳥寄せの指笛まじる雪解風

風光る古絵馬にある海のいろ

モロッコ　二句

目が光る異教の黒衣春寒し

水漬くごとし砂漠の国の春暁は

クロアチア　二句

受難日の烈風に咳き砦址

月おぼろ釈迦にイエスに母ありぬ

船霊の山へ帰りし日永かな

虹立ちてけふ国引きの海平ら

漣よりも出雲は松に明け易し

吉野　四句

峰入りのましろき列を雨濡らす

奥嶺よりきらりきりりと薄暑来る

雲迅し峰入り径は縷々《るる》として

ががんぼも山姥も来よ西行庵

山椒魚《はんざき》のまこと幼き二つの手

白団扇父母なき家の木が高し

淵暗むまで炎昼の草の丈

大降りのあと田を植ゑて遠伊吹

冷し馬樹海をぬけて水迅し

消されたる灯にまだ絡む蛾の翅音

人波に紛れてむせて草の市

裏口の風に目つむる生御魂

分骨のひとつ近江にいわし雲

生盆やあびてゐる耳二つ

秋の蛇神杉は日を遮りて

青空を鳥が流れて蛇笏の忌

妹山は日裏となりぬ烏瓜

切幣を空に抛《ほう》らば鵙のこゑ

冬帝来海鳥の白こぼしつつ

千鳥群れ舞ふ黒となり白となり

三日月の反りうつくしき湯冷めかな

枝先のひかりにまぎれ帰り花

禅寺や水を貫く蓮の骨

乾鮭のふかき眼窩に星のこゑ

雪見船かぐろき渦に追はれつつ

一月や詩に啓けし深空あり

どんど火におのれ照らせば初昔

御遷宮

平成二五年〜二十六年

夏に入る川瀬は音を繰りながら
緑陰を漉くごとく揺れ五十鈴川

斎王の衣擦れのおと花あやめ

暑うして神馬嘶くこと忘れ

陸《おか》曳や汗の雫を地に踏んで
夏足袋の先までちから木遣唄

万緑のいのりの底にゆらめく陽
日の裏となりし参道黒揚羽

月あらぬ遷御の闇を畏れけり

目に見えぬものへ瞳を張る秋の闇

いにしへの闇今生の闇虫しきり

秋寂びよ神の出御の刻迫る

大いなる闇うごくなり御遷宮

秋しんと素闇に還る伊勢であり

ざわざわと玉砂利の音巳年去る

初空へ天鈿女は鈴を振り

影なさぬほどの浮雲伊勢参り

ながれゆく水も神の座春の暮

冬至

平成二五年～二六年

双葉とはつまめるかたち暖かし

花吹雪遥かな尾根もその中に

雪が雪落としてをりぬ雛祭

火のつきし線香渡す雪解かな

行く雁やこめかみに風やりすごす

松蟬のこゑのなかまで海の綺羅

夜も昼もふえて水母は黄泉の花

窓の雨ひとすぢ太く新樹の夜

大粒の雨に山顕《た》つ夏はじめ

兜煮を大皿に立て青嵐

父の日の夕山濃くて旅に在り

茅の輪立つ水平線を入れて立つ

雲の峰崩れんとして夕日容れ

さなぶりの灯も雨冷えの湖の国

短夜の夢に駅馬《はゆま》の鈴の音

夕日いまひといろに差す金魚玉

かなぶんの梁打ちて去る雨の山

櫓の波を殺し浮巣に近づきぬ

遠き人とほききまま逝く梅雨の月

ほろ酔ひてもう振り向かぬ夏野かな

青空へ反る散りぎはの蓮の花

夜明けより沸騰のいろ椎の花

一降りに街の灯乱れ夏の宵

透かされて水の月日の水中花

雲の芯翳り大暑の海があり

夜の蜘蛛壁を摑みて影伸ばす

半夏雨海鳴り砂洲の彼方より

人通りに出ると教へて白団扇

ひぐらしのいよよ早瀬のこゑと暮る

稲実る花《か》綵《さい》列島日々に晴れ

花綵とは沢山の花が紐で連ねられたもののことで、日本の島々の連なりになぞらえた美称

花野ゆく落とし穴あるやもしれず

どの蕊もまがる鄙《ひな》ぶり曼珠沙華

秋ふかみ直火にをどる貝の舌

露の川岩にぶつかるたびに醒め

月白に海鳥こゑを洩らしけり

ゆく秋や常着かかりし椅子ひとつ

月さして海鼠は神の贄ならず

白濁の日輪へ白鳥舞へり

大鷲に波伸びきつてオホーツク

雲の端にひらく日輪冬至粥

咳き込んで星のひとつを汚したり

海鼠腸や雲のごとくに箸を逸れ

暮るるまで砂洲の耀ふ冬至かな

火のほかは一切が暮れ年が暮れ

あさがほ

前句集より

木材の市の前ゆく日傘かな

荒鵜潜ればかうかうと天守閣

あさがほにひやりとうすき闇があり

秋の川おのが倒せし葦に鳴る

筏組むこゑ一月の海の上

あとがき

　序にかえて廣瀬直人先生の作品評と、「雲母」時代の句ですが、飯田龍太先生の作品評を掲載させて頂きました。読み返してみますと、私の俳句の根幹を指摘して下さっているように思えるからです。

　龍太先生より「良質の刃物の切れ味、たとえば良鋼の鋸の切れ味のような快感をおぼえた。離れて作品にきき耳をたてると、生木を切る鋸のここちいいひびきがする」というお言葉を頂き、直人先生よりは、「実景として見たものを一度自分の想念の内奥で濾過して形象化する、山﨑さんの特色が鮮明に見える句ではないか。それは、これから『白露』の歩みとともにさらに培われていく世界であろう」というお言葉を頂き、私自身気付くことが出来なかった二つの方向性のようなものを示して頂きました。

このたびの『水程Ⅲ』に何かまた一つ、新しい方向性を見出すことが出来ましたらうれしく思います。折しも伊勢では、御遷宮が行われ、郷土の良さと伝統的なしきたりの良さをしみじみと感じました。また海もさることながら、五十鈴川、宮川、雲出川、鈴鹿川など水の豊かな所です。自然現象のなかでも特に水への憧憬が常に私のこころのなかにあり癒されてきました。それに俳句の道のりという意もこめて、句集名は前回と同じ『水程』と致しました。横田綜市様をはじめ笹鳴会の皆様、その他の句座を共にして頂きました皆様方にこころより感謝申しあげます。

句集刊行にあたり、「文學の森」の皆様には、懇切な御助言を戴きました。厚く御礼申しあげます。

平成二十六年十月

山﨑満世

著者略歴

山﨑満世（やまざき・みちよ）

昭和20年１月　三重県津市に生まれる
昭和42年　三重県高等学校国語科教諭
昭和53年　「雲母」入会、飯田龍太に師事
昭和63年　「雲母」同人
平成４年　第16回雲母選賞受賞、「雲母」終刊
平成５年　「白露」創刊同人、廣瀬直人に師事
平成７年　「俳句研究」句集シリーズⅢ－15
『水程』（富士見書房）上梓
平成16年　『俳句の杜<7>精選作家アンソロジー』
「水程Ⅱ」（本阿弥書店）参加
平成20年　白露賞選考委員
平成24年　鑑賞評論集『飯田龍太の詩情』（私家版）上梓
「白露」終刊
平成25年　「郭公」創刊同人
平成26年　郭公賞選考委員

平成２年よりＮＨＫ学園俳句講座講師
「えん」文芸誌執筆会員、「椎」同人
三重県高等学校文芸部連合俳句部門顧問
「津市民文化」俳句欄選者

現住所　〒514－1138　三重県津市戸木町2083

句集　水程　Ⅲ　すいてい
文學の森ベストセラーシリーズ
発　行　平成二十七年一月五日
著　者　山﨑満世
発行者　大山基利
発行所　株式会社 文學の森
〒一六九-〇〇七五
東京都新宿区高田馬場二-一-二　田島ビル八階
tel 03-5292-9188　fax 03-5292-9199
e-mail mori@bungak.com
ホームページ http://www.bungak.com
印刷・製本　小松義彦

ISBN978-4-86438-373-8　C0092
落丁・乱丁本はお取替えいたします。